W0386227

CHARLOTTE PARLOTTE

Michaël Bond est né en 1926 ; il est anglais. Après avoir exercé divers métiers, il devient cameraman pour la télévision. Mais, durant tout ce temps, il n'a jamais cessé d'écrire : pour la radio, pour la télévision, ainsi que des séries très connues pour les jeunes comme les aventures de l'ours Paddington.

Michaël BOND

Charlotte Parlotte

Traduit de l'anglais par
Xavier Seguin

Illustrations de Hans Helweg

NATHAN

Titre original :
Olga da Polga

Publié par Puffin Books, Penguin Books, Ltd.
à Harmondsworth pour la première édition.

Loi n° 49-956 du 16 juillet 1949 sur les publications destinées
à la jeunesse : octobre 1995.

ISBN 2-266-06875-X

Voilà Charlotte Parlotte
un cochon d'Inde
qui prend la vie du bon côté !

CHAPITRE PREMIER

CHARLOTTE S'EN VA

Pour commencer, Charlotte Parlotte n'est pas n'importe qui. Elle a la tête d'un cochon d'Inde qui va loin. Ses yeux brillants, ses longues moustaches, son poil lustré et surtout, surtout ses amours de fossettes qui lui font deux si jolis retroussis de fourrure à la place de la queue, bref, toute sa personne dégage un certain charme, et même un charme certain.

C'est peut-être à cause de son nom. Tout le monde ne s'appelle pas Charlotte Parlotte. Comment a-t-elle bien pu se retrouver avec un nom pareil ? Chez le marchand d'animaux, pas un seul cochon d'Inde, pas un seul hamster, pas une seule souris blanche qui puisse le dire.

Charlotte raconte tellement d'histoires ! Clairs de lune, châteaux suspendus, champs de flocons d'avoine ou princesses magnifiques, rien que des histoires à dormir debout.

« Cette gamine parle du monde comme si elle en avait fait le tour vingt fois, se disent les vieux cochons d'Inde. Mais quand elle sortira d'ici elle nous chantera une autre chanson. »

Ils savent tous qu'elle a besoin d'une leçon, mais personne ne veut se risquer à la lui donner. Parfois le plus vieux et le plus sage de tous, le père Cochondingue, qui a beaucoup d'expérience parce qu'il a déjà été vendu à quatre personnes différentes et que le marchand a dû le reprendre chaque fois, parfois donc le vieux Cochondingue s'approche de Charlotte, la regarde longuement et lui dit :

— Tu ne pourras jamais te passer des Sans-Fourrure.

Elle hausse les épaules. Il continue :

— Il fait dur, dehors. Le monde est froid.

Bien sûr, Charlotte s'en moque. Les pieds dans le plat pour dépasser les autres d'une bonne tête, elle répète son discours préféré :

— Restez si vous voulez, moi je m'en vais dès que je peux. En route pour l'aventure ! Yiiik ! Comme je vous le dis !

En fait, elle ne sait pas trop ce qu'elle dit, mais les mots roulent si bien dans sa bouche et font un tel effet sur les autres qu'elle ne peut pas s'empêcher de parler.

Et tous les soirs, au moment de se coucher, elle passe un temps fou à se regarder dans l'eau du bol, à peigner sa fourrure, à lisser ses moustaches pour être la plus belle quand les clients viendront.

Et les clients sont venus. Ça ne s'est pas passé du tout comme Charlotte l'imaginait.

Il n'y a pas eu d'adieux déchirants, pas de pleurs ni de grincements de dents, elle n'a même pas eu le temps d'échanger les adresses avec ses copains. C'est arrivé comme l'éclair, c'était fini en un clin d'œil.

Un matin, elle voit trois Sans-Fourrure qui la regardent : le marchand d'animaux, un autre monsieur qu'elle n'a jamais vu, et une petite Sans-Fourrure.

La petite fille passe un doigt entre les barreaux et dit, en montrant Charlotte :

— C'est elle que je veux. La boulotte qui a des flocons d'avoine après les moustaches.

Au-dessus de Charlotte, une grille bascule, une main velue s'abat sur elle.

— Je vous la laisse à vingt-trois francs, dit la grosse voix du marchand d'animaux. Franchement, je ne suis pas fâché de m'en débarrasser. Qu'est-ce qu'elle m'aura fait comme histoires, la coquine !

Charlotte couine de peur en se débattant comme un beau diable. La tête en l'air, tous les cochons d'Inde la regardent. Les vieux hochent la tête : « Ça devait arriver, un jour ou l'autre. » Les jeunes tendent le cou ; ils sont jaloux. Le monde est si grand et leur cage leur semble si petite !

Mais Charlotte n'en mène pas large. Si on lui avait offert une main amicale, là d'accord, elle aurait bien voulu s'y asseoir, mais cette poigne brutale qui l'attrape et qui la flanque, oui, c'est le mot, qui la flanque dans une boîte à chaussures, sans bonsoir ni merci, c'est plus qu'elle n'en peut supporter.

Si encore on lui avait laissé finir son petit déjeuner ! Son cœur bat la chamade, sa dignité est bafouée, sa fourrure se hérisse comme une pelote d'épingles. Elle a mal au cœur, par-dessus le marché !

Elle reste un bon moment étendue où on l'a jetée, puis se hasarde à entrouvrir l'œil. Il fait noir, mais ça sent bon la sciure fraîche. Un courant d'air pur entre par un trou au-dessus d'elle.

Charlotte se dit qu'après tout ça ne va pas si mal. Soudain, sans prévenir, la boîte à chaussures jaillit dans les airs et commence à se trémousser de fort inquiétante façon.

Violemment projetée d'avant en arrière, de gauche à droite et de haut en bas, la pauvre Charlotte se dit que sa dernière heure est sûrement venue et que les Sans-Fourrure sont en train de la punir comme elle le mérite.

Le vieux Cochondingue parlait souvent des étranges coutumes des humains, et vraiment ces gens-là sont impitoyables. Maintenant, Charlotte en est persuadée.

Après une dizaine de secousses à vous faire sortir les yeux de la tête, ça fait mine de se calmer. Un curieux tressaillement, accompagné d'un bruit sourd et continu, remplace les chocs. C'est moins violent, mais très désagréable quand même.

« Oh là là là là ! Qu'est-ce qui m'arrive ? Qu'est-ce qui m'attend ? »

Dans un éclair, elle comprend tout. Ce bruit, ce tressaillement, ce souffle d'air frais qui la parcourt, c'est clair, c'est évident, c'est certain : c'est une automobile ! « Je suis dans une auto, se répète-t-elle avec ravissement, je fais un tour en auto ! »

C'est bien la première fois. Bien sûr, par la vitrine du marchand d'animaux, elle en a déjà vu passer dans la rue. Mais pouvoir un jour se promener dedans, jamais

elle n'aurait imaginé ça, même dans ses rêves les plus fous.

Prenant son courage à deux pattes, elle se hisse jusqu'au trou pour y passer le museau. Les boutiques, les maisons qu'elle connaissait ont toutes disparu. À perte de vue, il n'y a que de la campagne verdoyante.

Des prés, des haies, des arbres, des talus couverts de pissenlits savoureux, d'herbe grasse, et mille autres délices filent devant ses yeux.

« Si c'est ça, le monde du dehors, moi j'aime, décide-t-elle. C'est cent fois mieux qu'une boutique d'animaux dans une rue étroite. »

Charlotte tend l'oreille. Par-dessus le bruit du moteur, des voix se font entendre. Une voix grave, et une autre, toute fluette, celle de la petite fille de tout à l'heure.

— Alors, Karen, tu es contente ? tu l'as, ton cochon d'Inde. Maintenant, il va falloir t'en occuper. Et pas seulement le premier jour, hein ?

— Je m'en occuperai tout le temps. J'espère que sa nouvelle maison va lui plaire !

— Il ne manquerait plus que ça ! Elle m'a coûté assez cher, cette maison ! Le meilleur bois pour les murs, du grillage Inox pour la porte, du verre incassable pour sa fenêtre, des pieds en aluminium, pour que Noël ne vienne pas l'embêter, et j'en passe ! Quel boulot !

Le monsieur bougonne encore un moment, mais Charlotte n'écoute plus. Elle se laisse tomber au fond de sa boîte, complètement abasourdie.

« Je vais vivre chez une famille. Sans-Fourrure, soupire-t-elle, toute seule comme une grande ! Même que j'aurai une vraie maison, avec une vraie porte et une vraie fenêtre. Et des pieds en harmonium ! »

CHAPITRE II

COMMENT APPELER CHARLOTTE ?

À côté de l'entassement et du manque de place que Charlotte a connus chez le marchand d'animaux, sa nouvelle maison lui fait l'effet d'un palais. C'est un joli clapier de deux pièces agréables et bien aérées, qui communiquent par un trou dans la cloison, pour que Charlotte puisse passer facilement. Une bonne couche de sciure fraîche recouvre les planchers.

Dans la première pièce, elle trouve une porte grillagée, une petite branche dans un coin où elle pourra se faire les dents, et deux belles écuelles où on peut lire « AVOINE » et « EAU ». C'est donc la salle à manger et la salle de séjour. Elle se souvient tout à coup qu'elle n'a pas eu le temps de finir son petit déjeuner, et se dirige vers l'avoine. Quand l'écuelle est vide et bien nettoyée, elle se glisse dans la deuxième pièce. Elle est encore plus intéressante. D'abord, elle a une vraie fenêtre vitrée, qui permet de voir le paysage en restant au chaud. Elle a aussi un énorme tas de foin, accueillant, confortable et qui sent si bon ! « C'est la chambre », se dit-elle.

Quel luxe ! Charlotte passe un moment à aplatir le foin. Son lit sera fait pour cette nuit. Mais il sent si bon qu'elle a envie de l'essayer sans attendre. Elle s'y installe donc, pour réfléchir calmement à toutes ces nouveautés.

Les choses prennent une bonne tournure, finalement. Le soleil brille, les oiseaux gazouillent. De temps en temps, un doux murmure se fait entendre près d'elle : c'est quelqu'un de la famille Sans-Fourrure qui vient voir comment ça va.

M. Sans-Fourrure, Mme Sans-Fourrure, d'autres Sans-Fourrure qu'on appelle « les voisins », tout le monde lui dit un petit mot gentil.

Voilà Karen Sans-Fourrure qui lui apporte un gros tas d'herbe, une botte de pissenlits et une carotte juteuse. Elle les pose à côté du bol d'avoine.

— Il s'agit de te trouver un nom, maintenant, annonce-t-elle à Charlotte qui s'étire sur le foin. Il faut bien choisir, parce que demain Papa va le peindre au-dessus de ta porte. Alors on ne pourra plus en changer.

Charlotte est passée dans la salle à manger, elle s'est mise à grignoter les friandises en écoutant distraitement.

— Papa aimerait t'appeler Boulotte, et Maman préférerait Justine. Moi, je ne sais pas. Quelqu'un comme toi mérite un nom pas ordinaire...

Karen se presse contre le grillage.

— Et toi, hein ? Qu'est-ce que tu en penses, toi ? Ah ! si tu pouvais parler...

« Boulotte ? Justine ? Ils vont peindre ça sur ma porte ? » D'un seul coup, l'univers de Charlotte bascule. Elle n'en croit pas ses oreilles.

— Mais je proteste ! couine-t-elle de toutes ses forces, mon nom est Charlotte, Charlotte Parlotte ! Je me suis toujours appelée ainsi, je ne veux pas changer maintenant !

Mais Karen est déjà loin.

La nuit suivante, quand tout le monde dort depuis longtemps, Charlotte est toujours à la même place, bien réveillée, seule avec ses sombres pensées. « Il faut absolument faire quelque chose, se répète-t-elle pour la cent treizième fois. Mon nom, c'est Charlotte Parlotte, et rien d'autre. Un nom, pour certains, ça n'est pas grand-chose. Mais, quand on est un cochon d'Inde, c'est souvent tout ce qu'on a au monde. »

Charlotte Parlotte... En fermant les yeux, elle revoit clairement ces deux mots écrits en lettres noires sur un carton d'emballage. « Il faut faire quelque chose... » Soudain, elle saute en l'air. « Mais bien sûr ! C'est ça qu'il faut faire ! »

À présent qu'elle a trouvé l'idée, elle est excitée comme une puce. « Naturellement, ça ne sera pas facile. Ça veut dire de longues heures de travail pénible et des tonnes de difficultés. Mais ça en vaut la peine. »

Sans plus attendre, elle s'arrache à son lit douillet, et se glisse en frissonnant de froid et d'émotion dans la pièce voisine. Elle mord solidement la brindille et commence à gratter, creuser, tourner dans la sciure. De temps en temps, elle s'arrête pour souffler, puis elle reprend son travail. Ça a duré toute la nuit. Une longue, une interminable nuit blanche.

Quand elle se laisse enfin tomber sur son lit de foin, morte de fatigue, le jour se lève. Ses mâchoires lui font affreusement mal, sa fourrure est pleine de sciure et ses yeux la piquent si fort qu'elle ne peut plus les ouvrir. Mais elle est contente. « Pour moi, c'est clair ; seulement, moi, je savais déjà avant, ça change tout. Est-ce que les Sans-Fourrure vont comprendre ? »

Le sommeil la gagne doucement. Peu à peu, l'air s'emplit des bruits du matin. Un chien aboie, d'autres lui répondent. Une cloche sonne, le laitier entrechoque les bouteilles, un train gronde dans le lointain. Charlotte sursaute à chaque bruit nouveau. Chez le marchand d'animaux, elle n'entendait que les grognements et les ronflements de ses copains.

Un visage familier s'encadre dans sa porte : Karen enfin ! Dans le silence Charlotte entend son cœur battre un record. Le visage a l'air surpris et disparaît.

— Maman ! Maman ! Viens voir, vite !

Charlotte bondit sur ses pattes : Yiiik ! Ça marche ! Yiiiiiik ! » Toute contente, toute fière de son astuce, elle court, saute et bondit dans la salle à manger, et la sciure vole sous ses pattes.

— Charlotte Parlotte écrit sur le plancher ? s'étonne Mme Sans-Fourrure. Ne dis pas de bêtises, c'est impossible !

Un autre visage apparaît. Évidemment, sur le plancher, on ne peut plus rien lire. Dans son enthousiasme, Charlotte a tout effacé.

— C'est bien ce que je pensais, il n'y a rien du tout, dit la voix de la maman, tu n'es pas bien réveillée, ma pauvre Karen.

Après un silence, elle ajoute :

— Note que c'est un bien joli nom. Je le garderais, si j'étais toi.

Dès qu'elles sont à nouveau seules, Charlotte regarde Karen et Karen regarde Charlotte.

— Ah ! les grandes personnes, soupire Karen, elles ne comprennent jamais rien ! Mais nous deux, on se comprend, pas vrai ?

— Yii-ii-iik ! Yik-yiiiiiiiiik ! couine Charlotte.

Il n'y a pas besoin d'en dire plus : elles sont d'accord.

CHAPITRE III

CHARLOTTE S'AMUSE À MORDRE

Tout de suite après son petit déjeuner, Charlotte retourne se coucher pour dormir, dormir et dormir encore.

Elle se souvient vaguement d'avoir été réveillée par une curieuse odeur : c'était M. Sans-Fourrure qui bricolait devant sa porte. Il tenait une espèce de petite queue au bout d'un bâton, qu'il trempait régulièrement dans un pot plein de noir.

Et, quand il s'est arrêté, tout le monde avait l'air enchanté du résultat ; elle les entendait répéter son nom plusieurs fois de suite, ce qui est bien agréable à entendre quand on dort à moitié.

Après ça, Charlotte a sûrement dormi

encore un bon bout de temps, car le soleil est haut dans le ciel lorsqu'elle s'éveille.

Elle s'étire soigneusement, lisse ses moustaches, gratte quelques grains de sciure qui restent dans sa fourrure, se secoue et s'assied sans bruit : elle a l'impression qu'on l'observe.

Elle risque un coup d'œil par la fenêtre, puis se précipite à la porte grillagée : personne en vue.

Elle croque deux bouchées de laitue, trois flocons d'avoine, et se sent déjà mieux. Elle va se recoucher quand elle voit quelque chose.

Une tête bizarre la regarde à l'envers du haut du toit. L'instant d'après, c'est encore pire : voilà qu'un objet long et noir, comme une corde en fourrure, se met à se balancer devant ses yeux, de l'autre côté du grillage.

Gauche... droite... gauche... droite, régulier comme un balancier d'horloge, ce qui donne envie de se rendormir aussitôt.

« Bon, se dit-elle, il n'y a qu'un seul moyen de savoir si la tête et l'objet appartiennent au même animal, et, dès que ce balancier s'arrête, je vais... »

Elle n'a pas le temps d'achever, car l'objet s'immobilise et se glisse à l'intérieur du grillage. Charlotte bondit sur l'envahisseur, et d'un coup elle y plante ses vingt dents en serrant très fort. La corde en fourrure disparaît tandis qu'un horrible glapissement retentit dans tout le jardin. Et ça continue sur le même ton braillard et suraigu comme si c'était la fin du monde. Chez les Sans-Fourrure, on s'affole. Des portes

claquent, des cris jaillissent, des pas résonnent : tout le monde accourt.

Avec un intérêt croissant, Charlotte les regarde passer en courant, l'un après l'autre, devant sa porte. « Hé ! Hé ! se dit-elle, j'ai l'impression qu'on va bien s'amuser ! Je ne sais pas qui j'ai mordu, mais on dirait que ça fait de l'effet ! » Là-dessus, elle se replonge dans son bol d'avoine.

— Minou, minou, minou... Il ne veut pas descendre, l'animal !

— Je me demande ce qui a bien pu lui faire peur à ce point-là !

— Tu vas descendre, Noël ? Minou, minou...

— AH ! LA SALE BÊTE !

On dirait qu'ils s'impatientent.

M. Sans-Fourrure repasse en courant devant la maison de Charlotte ; il revient quelques minutes plus tard, suant et soufflant sous le poids d'un immense truc en bois.

— Le voisin m'a prêté son échelle à coulisse, leur crie-t-il. On n'y arrivera pas autrement.

Charlotte est ravie. « Une échelle à coulisse... », répète-t-elle. Elle ne sait pas à quoi ça sert, mais quel joli nom !

« Je devrais mordre plus souvent, c'est très distrayant. » Là-dessus, elle se met à courir d'une pièce à l'autre, en mordant tout ce qu'elle rencontre.

Les Sans-Fourrure n'ont pas l'air de partager son enthousiasme. Ils crient : « Fais attention ! » et : « Ne glisse pas ! »

Apparemment, l'objet mordu par Charlotte est tout en haut d'un grand pin, et l'on parle d'aller chercher un autre truc qui s'appelle « les pompiers ».

Charlotte n'a jamais vu « les pompiers », mais ce n'est pas cette fois-ci qu'elle les verra. Tandis que l'excitation est à son comble, et que M. Sans-Fourrure est en haut de l'échelle, voilà que l'objet se décide à redescendre tout seul, comme il est monté.

M. Sans-Fourrure est furieux. « Ah ! les chats !... », bougonne-t-il. Après quelques bruits et quelques chocs, il repasse devant chez Charlotte, l'échelle sur le dos. Il est encore plus rouge que tout à l'heure.

— Noël, tu es insupportable !

Voici Karen, à présent. Elle porte dans ses bras un paquet de fourrure noire, tout hérissé et tout peureux.

— Qu'est-ce que Charlotte va penser de toi ? Regarde comme elle est sage, elle. Tu devrais avoir honte.

En fait, Charlotte ne pense rien du tout : elle est trop occupée à manger. Mais, ce que Noël pense de Charlotte n'est que trop clair. Dès que Karen le pose à terre, il se hérisse, fait le gros dos, et crache vers le clapier une insulte terrible qui signifie à peu près : « Attends un peu, tu vas voir tes fesses ! »

Bien en sécurité derrière son solide grillage, Charlotte lui jette un œil dédaigneux.

« Yiiik ! couine-t-elle, tu ne me fais pas peur. Ma maison a des pieds pour que tu ne puisses pas m'ennuyer. Des pieds en harmonium, oui, c'est M. Sans-Fourrure qui l'a dit. Ça lui a coûté assez cher ! »

Noël siffle entre ses dents :

— Un chat peut grimper sur n'importe quoi. Même sur des pieds en harmonium.

— Grimper, oui, ricane Charlotte. Mais, pour redescendre, il lui faut une échelle à coulisse !

— Attends un peu, dit Noël, un de ces jours je te mordrai la queue si fort que tu...

Charlotte se retourne, il en reste bouche bée.

— Mais... mais tu n'as pas de queue ! s'écrie-t-il en avalant sa salive.

— Eh non ! répond-elle, eh non ! je n'ai pas de queue...

— Impossible, dit Noël, absolument impossible ; tous les animaux à fourrure ont une queue !

— Mais pas les cochons d'Inde, répond-elle, justement. C'est que nous ne sommes pas comme les autres, nous.

Très vite, elle cherche ce qu'elle pourrait inventer d'avantageux pour les cochons d'Inde.

— Nous avons perdu nos queues il y a très, très longtemps, soupire-t-elle. Si tu veux, je peux te raconter comment c'est arrivé. Une fabuleuse histoire que tu ne connais sûrement pas.

CHAPITRE IV

L'HISTOIRE DE CHARLOTTE

— Il était une fois... commence-t-elle, sans savoir ce qu'elle va dire ensuite. Il était une fois des cochons d'Inde qui avaient les plus merveilleuses des queues. Longues, bien fournies, douces comme de la crème fraîche. On aurait dit de magnifiques rubans de soie précieuse...

— Bon, ça va, interrompt Noël en bâillant. Continue. Je ne vais pas y passer la nuit, j'ai d'autres chats à fouetter.

Charlotte reprend froidement :

— Je t'explique parce que c'est important. Il ne faudrait pas confondre la merveilleuse queue des cochons d'Inde avec une queue ordinaire, comme celle des chats.

Savourant sa victoire, elle s'arrête un

peu pour réfléchir à la suite de l'histoire qu'elle improvise.

— Je suis sûre que tu n'as jamais entendu parler du Pérou, demande-t-elle, pleine d'espoir. C'est la patrie des cochons d'Inde.

Mais Noël ne veut pas passer pour un ignorant :

— Bien sûr que j'en ai entendu parler ! Seulement je n'y suis jamais allé.

Charlotte encaisse le coup, respire à fond et enchaîne :

— Bon... En tout cas, tu n'as jamais entendu parler de Barsance. (C'était un mot qu'elle venait d'inventer). Barsance est si petite que personne n'en a jamais entendu parler.

Elle lui lance un regard de défi ; il n'ose pas répondre.

— À cette époque, Barsance était encore attachée au Pérou, continue-t-elle. Et puis, une nuit, une terrible tempête les a séparés...

« Barsance était si petite qu'il y avait juste assez de place pour un seul exemplaire de chaque chose.

« Il n'y avait qu'un seul roi qui n'avait qu'un seul royaume qui n'avait qu'une seule maison qui n'avait qu'un seul habitant.

« Ce roi habitait avec sa fille unique dans un château d'une seule pièce perché sur un énorme rocher qui dominait le seul village d'une seule maison. Ce roi était connu de très loin comme le roi le plus râleur et le plus mal élevé de tous les temps.

« Mais les rares personnes qui avaient vu sa fille s'entendaient pour dire que c'était la plus belle princesse du monde ; aussi belle qu'il était laid, et aussi gentille qu'il était égoïste et méchant.

Emportée par son histoire, Charlotte s'arrête pour rêver.

— Cette princesse avait des yeux...

Mais Noël lui coupe la parole :

— Tiens, elle n'avait pas qu'un seul œil ?

Elle reprend d'une voix ferme :

— Cette princesse avait des yeux si beaux que, lorsqu'on y plongeait le regard, on croyait voir UN SEUL lac très calme, du bleu le plus profond que tu puisses imaginer.

« Mais c'étaient des yeux tristes, car son père, jaloux d'une telle beauté, interdisait à quiconque de s'approcher du château, de peur qu'on ne cherchât à l'enlever.

« Chaque matin, en s'éveillant, la princesse se regardait dans son miroir et soupirait en pensant à toutes les choses merveilleuses qui auraient pu lui arriver si elle avait été une princesse normale vivant dans un pays normal où il y aurait eu plus d'un seul exemplaire de chaque chose.

« Puis elle se retirait dans la seule tour du château, s'asseyait à la seule fenêtre et rêvait qu'un jour on viendrait la sauver.

« La tour n'était pas très haute, car l'escalier n'avait qu'une seule marche ; mais le rocher sur lequel se dressait le château était droit comme un “i” et haut comme une montagne. Pour arriver au château, il fallait franchir un seul pont-levis et grimper le long d’un tunnel creusé à l’intérieur du rocher. Il était si haut que même le seul aigle de Barsance s’élevait rarement jusqu’au sommet et passait le plus clair de son temps à monter et à descendre plus bas dans la vallée.

« Les années s’écoulaient et la princesse se disait que personne ne viendrait à son secours.

« Un jour pourtant un grand étranger arriva sur son cheval et questionna le seul habitant au sujet de la belle princesse dont il avait entendu parler dans son lointain pays.

« L’homme lui montra le château, mais, dès que le roi vit s’approcher l’étranger, il entra dans une colère terrible et leva le pont-levis. Emporté par sa fureur, il verrouilla la solide porte de chêne à double tour, et lança la seule clé si loin dans les airs qu’elle se perdit pour toujours.

« Le prince était mort de dépit. Pendant quelques instants, il avait aperçu la princesse assise toute seule dans sa tour, et il avait compris que tout ce qu'on lui avait raconté sur son extraordinaire beauté était vrai. En plus, elle lui avait fait un signe. En plus, elle l'avait appelé au secours.

« ''Ah ! si seulement j'avais des ailes, comme cet aigle ! se lamentait-il. Je volerais jusqu'à elle, je la délivrerais et je l'emporterais loin d'ici...''

BIENVENUE
A
BARGANCE

« Il examina le rocher, mais il était lisse comme du verre et la seule petite corde qu'il put trouver dans le village était mille fois trop courte.

« À plusieurs reprises, il tenta l'escalade, mais ses pieds glissaient, ses doigts saignaient et il dut y renoncer.

« Le cœur lourd, il comprit que non seulement il n'atteindrait jamais sa bien-aimée, mais encore, s'il s'en allait chercher de l'aide, elle serait morte avant son retour ; car, sans clé, nul ne pouvait ni entrer, ni sortir du château.

« Il eut soudain le sentiment d'être observé, et, en se retournant, il vit à sa grande surprise des millions de paires d'yeux qui le regardaient de l'autre côté de la frontière du Pérou... »

Charlotte était devant Noël comme le professeur devant l'élève.

— À cette époque, explique-t-elle, le Pérou était plein de cochons d'Inde, car on ne nous avait pas encore découverts.

« Un des cochons d'Inde s'avança. "Eh bien l'ami, dit-il au prince, qu'est-ce qui ne va pas ?"

« Tristement, le prince s'assit et commença son histoire. Les cochons d'Inde étaient sincèrement désolés. Ils connaissaient bien la princesse et la tenaient en grande estime. Tandis que son père les chassait toujours en leur crachant dessus, la princesse avait toujours quelque chose de gentil à leur dire ou quelque chose de bon à leur lancer du haut de sa tour.

« Quand le prince eut fini son histoire, les cochons d'Inde disparurent un moment. Peu après, le prince entendit un étrange sifflement qui faisait penser au vent qui se lève. C'étaient tous les cochons d'Inde qui chuchotaient entre eux. Puis il y eut un fameux concert de cris et de couinements comme on n'en avait jamais entendu de semblable, pas plus au Pérou qu'à Barsance.

« Enfin ils réapparurent. Ils traînaient une longue corde soyeuse comme de la crème fraîche. Sur un signe de leur chef, l'aigle piqua vers le sol, agrippa un des bouts de la corde dans ses serres et vola de toutes ses ailes vers la princesse qui attendait là-haut, près des nuages.

« La corde solidement accrochée autour des barreaux, il ne fallut au prince que quelques instants pour délivrer la princesse et moins de temps encore pour redescendre avec elle.

« Il l'aida à monter à cheval, puis, se tournant vers ses alliés les cochons d'Inde pour les remercier, il comprit l'importance de leur sacrifice et leur grandeur d'âme. Du premier au dernier, tous les cochons d'Inde avaient donné leur queue pour en tisser la corde qui avait sauvé la princesse.

« Le prince ne voyait aucune récompense qui pût les payer pour leur si grande générosité, aussi leur décerna-t-il la plus haute distinction possible. Il aurait pu leur donner une médaille, mais elle risquait de tomber, de se perdre. De toute façon, ils n'auraient pas su où l'accrocher.

« Il leur offrit donc une rosette, une rosette qu'ils porteraient dans leur fourrure, chacun d'eux et chacun de leurs descendants jusqu'à la fin des temps. »

À ces mots, Charlotte se tord le cou pour regarder ses propres rosettes de fourrure.

— Ce qui veut dire que, si tu es un cochon d'Inde à rosette, tu as toutes les chances d'être un descendant direct de ces fameux cochons d'Inde héroïques qui ont donné leur queue il y a très, très longtemps.

Bouleversée par sa propre histoire, Charlotte sent une boule se nouer dans sa gorge. Pendant une bonne minute, elle a grand-peine à avaler son avoine.

Noël est pensif.

— Je ne crois pas que je donnerais ma queue pour une princesse, dit-il carrément. Même pas pour la plus belle princesse du monde.

— C'est que les cochons d'Inde ont un cœur d'or, eux, dit Charlotte. Pas comme les chats.

— Si tu as vraiment un cœur d'or, dit Noël, tu vas me donner un peu de ton herbe avant que je m'en aille, pas vrai ?

Mais Charlotte dort déjà. C'est très fatigant de raconter des histoires. Et puis, les chats, elle en a assez pour aujourd'hui.

CHAPITRE V

CHARLOTTE SE FAIT UN AMI

Charlotte fait maintenant partie de la famille. Elle adore sa nouvelle maison, et puis c'est si bon de s'entendre appeler par son nom, chaque matin, au petit déjeuner...

Elle a déjà plein de nouveaux amis : quatre cochons d'Inde, quelques lapins, un hamster, deux perroquets, toute une famille de souris blanches, et un tas d'autres animaux du même genre. Ce sont leurs maîtres qui les apportent à Charlotte pour qu'ils lui disent bonjour. Elle les reçoit dignement. C'est la vie de château pour Charlotte Parlotte.

Le seul reproche qu'elle puisse faire aux Sans-Fourrure, c'est la chaleur. Vers midi, le soleil tape dur sur son toit, et la pauvre cuit littéralement dans sa fourrure. Elle aimerait tant courir et danser sur la pelouse, surtout à l'ombre du grand pin, où l'herbe a l'air si fraîche et si sympathique...

Un matin, un bruit inconnu la réveille. « Ssssscie... sscie... Tape ! tape ! tape ! » Ça lui casse les oreilles. Quel boucan !

Et puis ça s'arrête. « Du calme, enfin ! », se dit Charlotte. Là-dessus sa porte s'ouvre, et, avant qu'elle ait le temps de dire ouf, elle se retrouve dans un curieux machin aux murs grillagés, mais sans plafond.

Elle n'a pas le temps d'en faire le tour que déjà quelqu'un bascule sens dessus-dessous sa nouvelle résidence, en envoyant Charlotte rouler dans l'herbe. Maintenant, ça ressemble à une longue cage sans plancher.

« Mince alors, se dit-elle, on n'arrête pas le progrès ! »

Une rangée de visages se penche sur elle.

— Ça c'est chouette, dit Karen Sans-Fourrure, ça lui fait un petit parc privé avec un plancher à manger.

— À l'abri des autres animaux... ajoute Mme Sans-Fourrure.

— Et puis elle va m'aider à tondre le gazon, dit M. Sans-Fourrure. Si elle travaille bien, je n'aurai plus rien à faire !

Charlotte est perplexe. « D'un côté, ça serait gentil de dire merci, se dit-elle tout en se jetant à belles dents sur l'herbe fraîche. D'un autre côté, ça ne se fait pas de parler la bouche pleine. »

Maintenant qu'elle a son parc, Charlotte passe toutes ses journées sur la pelouse. Si elle n'arrive pas encore à la tondre toute seule, en tout cas elle fait le maximum. Et, quand M. Sans-Fourrure passe la tondeuse, il lui laisse toujours un petit coin de gazon haut.

Et les jours passent, pleins de soleil et d'herbe tendre, c'est vraiment la vie de château.

Un beau jour, en fin d'après-midi, Charlotte fait la connaissance de Fangio. Karen Sans-Fourrure est « à l'école », comme elle dit ; M. Sans-Fourrure est « au boulot », comme il dit ; et Mme Sans-Fourrure s'affaire comme d'habitude à l'intérieur de la grande maison.

À part Noël, qui chasse une mouche dans un carré de bruyère, il n'y a aucun signe de vie alentour. Pourtant, à l'autre bout de la pelouse, elle remarque un truc

bizarre. C'est une sorte de balle de piquants, immobile sous le soleil.

Elle l'observe un instant, puis, comme la balle ne roule pas, décide que c'est sans importance et retourne à son pique-nique. Au bout d'un quart d'heure, elle fait une pause pour digérer quand elle s'aperçoit soudain que... la balle n'est plus là ! Personne n'a pu taper dedans ou l'emporter, et cependant... ah ! elle est ici maintenant ! Sous un bouquet de fougères, à deux pas de son parc !

Affolée, elle appelle Noël pour lui montrer la balle mystérieuse, mais il lui rit au nez.

— Ce n'est pas une balle, dit-il, c'est Fangio. Il habite dans une remise près de la route, on dit qu'il a du sang argentin ! C'est un hérisson.

— Un hérisson ?? répète Charlotte. Et avec du sang argentin ??? On se demande où ils vont chercher tout ça ?

Fangio se déroule et fait plusieurs fois le tour du parc en regardant Charlotte du coin de lœil. Puis il se décide à lui adresser la parole :

— Qui es-tu ? demande-t-il, méfiant. Je ne t'ai jamais vue dans le coin !

Charlotte prend sa plus grosse voix et rugit :

— JE SUIS UN CROQUE-HÉRISSON DES CARPATES !

Le pauvre Fangio tourne les talons et déguerpit dans les buissons.

Il revient un peu plus tard, encore plus méfiant.

— Tu n'es pas du tout un croque-hérisson, dit-il. Je me suis renseigné. Tu es un cochon d'Inde et tu racontes des histoires.

Charlotte prend un air insouciant :

— Effectivement, j'aime les histoires, dit-elle en mâchonnant un pissenlit. C'est parce que je suis un cochon d'Inde historique.

Fangio médite silencieusement.

— Je peux te raconter quelques histoires, moi aussi, dit-il. Tu connais les Jardins de Babylone ? J'y vais tous les soirs.

Charlotte s'arrête de manger.

— Les Jardins de Babylone ? (Malgré ses efforts, l'histoire de Fangio l'intéresse diablement). Quand est-ce qu'ils passent dans le quartier ?

— Ils ne passent pas, ils restent à leur place.

Fangio fait un vague signe en direction des broussailles.

— Ils commencent de l'autre côté. Je ne comprends pas comment tu peux rester parquée dans une cage quand le monde est si beau. Et si grand, tu sais !

— Je suis bien ici, merci beaucoup, répond-elle, vexée. J'ai un parc et tout ce qu'il faut pour manger. J'ai une maison sur des pieds en harmonium avec une salle à manger, une chambre avec du foin pour dormir et une fenêtre pour regarder le paysage.

— Je promène mes fenêtres avec moi, dit Fangio en clignant ses petits yeux noirs. Et si je te racontais tout ce que j'ai vu, ta fourrure se dresserait sur ton dos !

— Laisse ma fourrure tranquille. Ça ne m'intéresse pas ! Euh... Tu as vu quoi, par exemple ?

— Des arbres, dit Fangio. Des buissons, des taillis, des feuilles, des décharges, des

feux de camp, des routes, des chemins, des légumes, la flore et la faune, de verts pâturages, des champignons, des mares, des ruisseaux, le meilleur gazon que tu puisses imaginer, des lavoirs, des insectes bizarres, des œufs de faisan, du foin, du fenouil, de la paille, des puits, des pissenlits, des trous dans les talus... oh ! je pourrais continuer pendant cent sept ans, mais je suis pressé. Si j'étais toi, je ne ferais ni une ni deux, je sortirais d'ici. Je ne pourrais pas supporter de vivre en cage, ni de rester comme toi aux crochets des humains. Si j'étais toi, je ferais quelque chose, pour changer.

Charlotte ne dit rien. Il continue :

— Quand je pense que les Jardins de Babylone commencent de l'autre côté des broussailles !

— Jusqu'ici, je m'en passe très bien, dit Charlotte, sceptique.

— Peut-être, répond Fangio. Mais ça peut changer. À force de rester parquée sur ton bout de gazon, tu finiras par en avoir assez.

— C'est très dangereux, dans ces Jardins-là ? demande Charlotte.

Fangio renifle :

— Dangereux ? Comment ça, dangereux ? Si quelqu'un s'approche avec une sale tête, je n'ai qu'à me rouler en boule en attendant qu'il s'en aille. Ce n'est pas plus compliqué. Je ne crains personne, avec mes piquants !

— Même pas les chiens ? demande Charlotte.

Elle en a déjà vu un, l'autre jour sur la route. Un « berger allemand ». Il était énorme et il avait une très sale tête.

— Les chiens !!! (Fangio a sauté en l'air). Où ça ? Quels chiens ?

— Un drôlement grand, dit Charlotte en gonflant ses joues. Avec des crocs longs comme des carottes et la bouche pleine de bave... Je peux te raconter son histoire, si ça t'amuse...

Mais Fangio a disparu. Prenant ses pattes à son cou, il a détalé à toute vitesse sous les broussailles, comme s'il avait le diable aux trousses.

Charlotte reste un moment silencieuse, les yeux vagues. C'est vrai qu'elle est parquée ! C'est vrai qu'elle en a assez ! L'herbe qui lui semblait délicieuse il y a cinq minutes n'a plus ni goût ni parfum. C'est une impression désagréable dont elle ne peut plus se débarrasser.

Le soir, en se couchant, sa décision est prise. Désormais, elle va se débrouiller toute seule.

CHAPITRE VI

DE L'AUTRE CÔTÉ DES BROUSSAILLES

Le lendemain, Charlotte s'est éveillée avec une seule idée en tête : il faut absolument trouver le moyen d'aller faire un tour dehors !

Elle y pense si fort que l'occasion se présente très vite. Quelqu'un vient déplacer son parc et, sans faire attention, le repose à cheval sur une grosse touffe d'herbe, ce qui laisse un jour de plusieurs centimètres entre le sol et le bord de la cage.

Charlotte n'a jamais vu ça jusqu'ici ; c'est vraiment de la chance. Elle jette un coup d'œil sur le jardin : désert.

« Allons-y ! », se dit-elle en se glissant doucement sous le cadre de bois. C'est un peu juste, mais en s'aplatissant comme une crêpe extra-fine, elle passe. Une fois dehors, elle souffle.

Dehors ! Elle est si fière d'avoir pris un tel risque que la tête lui tourne. Partir !

« Partir, d'accord ; mais où aller ? » Le monde, le monde immense est devant ses pattes, elle n'a que l'embarras du choix.

Devant, la grande pelouse pleine de vent qui fait le tour de la maison. Non, c'est trop risqué : on la verrait facilement. Derrière, le potager, trop risqué aussi : M. Sans-Fourrure y travaille sans arrêt. Tant pis pour les salades et les choux !

Charlotte se demande ce que ferait Fangio dans un cas semblable. « Où va-t-il, déjà ? Ah ! oui, les Jardins de Babylone ! juste de l'autre côté des broussailles ! »

À l'idée de toutes les bonnes surprises à venir, l'eau lui monte à la bouche. « Yiiiiiiiiik ! couine-t-elle, c'est la belle vie ! » Et, sans perdre un instant de plus, elle file vers les broussailles. « Yiiiik ! Les broussailles ! »

Finalement, vues de près, les broussailles sont infiniment moins attirantes que de loin. Les délicieux trous d'ombre fraîche ressemblent davantage à de sinistres coupe-gorges, tandis que les branches gentiment balancées par le vent sont en réalité des fouets qui vous cinglent et des épines qui vous déchirent.

Et c'est pire à chaque pas. Poussant, couinant, cassant, mordant, Charlotte se fraye un chemin tant bien que mal. Elle est moins fière, à présent. Fangio, évidemment,

les épines ne doivent pas le déranger beaucoup. Il a l'habitude, avec ses piquants. Alors... un peu plus, un peu moins...

Tandis qu'un cochon d'Inde n'a que sa courte fourrure pour le protéger, et ça, c'est autre chose ! Quand elle voit enfin le jour de l'autre côté de cet enfer, elle est dans un triste état. Elle s'arrache aux dernières épines et s'écroule, hors d'haleine, en examinant les alentours.

« Eh bien ! si c'est ça, les Jardins de Babylone, on n'est pas gâté ! », gémit-elle amèrement. Autour d'elle, le paradis terrestre de Fangio n'est qu'une espèce de bourbier dégoûtant, plein de vieilles boîtes de conserve et de cartons détrempés, où flotte une violente odeur de poubelles.

Quant à la nourriture, ce ne sont pas les deux ou trois feuilles de cresson pourri ni la poignée de foin humide au fond d'un vieux cageot qui pourront remplir la bedaine d'un cochon d'Inde affamé...

Ce triste spectacle achève de la décourager. Et voilà qu'il pleut maintenant ! C'est le bouquet !

Ploc, une goutte. Plac, une autre. Puis plusieurs ensemble, plic-ploc-plac.

Et de plus en plus vite, et de plus en plus fort, ric-lic-loc-lic-rac. Les gouttes se transforment en averse, et l'averse en déluge. L'odeur de poubelle moisie se fait de plus en plus lourde, de plus en plus pénétrante. Le cresson plie sous les rafales.

De temps à autre, les branches s'égouttent d'un seul coup sur Charlotte, qui frissonne sous la douche glacée.

Elle se glisse sous une plaque de carton pour essayer de se remettre.

De sa vie, elle ne s'est jamais sentie aussi misérable, aussi trempée, c'est...

Elle s'interrompt, quelqu'un la regarde à travers une touffe de pissenlit. C'est une balle de piquants qu'elle reconnaît tout de suite.

— Alors, ça te plaît ? lui demande Fangio, tu t'amuses bien ?

— Tu me le demandes ! rugit-elle, non mais est-ce que j'ai l'air de m'amuser ? Je n'ai jamais rien vu de pire. Si c'est ça, les Jardins de Babylone, je rentre à la maison !

Cet endroit est tout à fait… euh… tout à fait ré-pu-gnant !

— Ma chère, dit Fangio, tu apprendras que la beauté est dans l'œil de celui qui regarde. Je dois t'avouer qu'à travers mes fenêtres je trouve ça tout à fait charmant. Pense un peu à toutes les mouches, à tous les insectes qui sortiront quand la pluie va cesser !

Charlotte en frissonne de dégoût.

— Je te laisse avec tes insectes, puisque tu les aimes tant, dit-elle. (Elle n'a pas la moindre envie d'attendre qu'ils sortent.) Si tu veux mon avis, je pense que tes fenêtres ont besoin d'un sérieux coup de chiffon ! Bonsoir !

Elle détale.

— Deuxième à droite ! lui lance Fangio tandis qu'elle contourne les broussailles. Troisième à gauche, et puis tout droit. Fais attention à ne pas tomber dans le… ooooh !

Un PLAOUFF sonore l'a interrompu. C'est Charlotte.

— Tu aurais pu me prévenir…, gémit-elle en se hissant hors d'un trou d'eau.

— Tu aurais pu m'en laisser le temps…, lui répond-il.

« Ah ! ces hérissons ! » renifle Charlotte en s'éloignant.

Jamais elle n'a été aussi contente de retrouver son parc ; jamais non plus elle n'a reçu accueil plus chaleureux ! À en juger par le nombre des hurlements de joie qui saluent son retour, tout le voisinage était à sa recherche.

— C'est si bon de se retrouver chez soi ! soupire-t-elle. Quelle idée j'ai eue de vouloir quitter tout ça !

— Où étais-tu ? pleurniche Karen en la prenant dans ses bras. Nous t'avons cherchée partout.

M. Sans-Fourrure brandit un parapluie au-dessus d'elles.

— Pouah ! fait Mme Sans-Fourrure, elle sent les poubelles !

Charlotte frissonne un bon coup.

— J'étais aux Jardins de Babylone, couine-t-elle, et jamais, plus jamais je n'y retournerai !

Pour une fois qu'elle ne raconte pas d'histoires !

CHAPITRE VII

UNE ROSETTE DE PLUS POUR CHARLOTTE

Après sa triste expérience aux Jardins de Babylone, Charlotte décide de se tenir tranquille. *Manger plus, penser moins*, telle est sa nouvelle devise. Elle passe de longues heures dans son parc, où elle travaille à regagner le poids qu'elle a sûrement perdu.

Chaque fois qu'on déplace le parc, Charlotte vérifie qu'il n'y a pas le moindre passage par où une bestiole pourrait entrer, et par où elle risquerait de sortir elle-même sans le vouloir. Mais les Sans-Fourrure font bien attention, maintenant. Tout est donc pour le mieux. « Manger plus, penser moins », se répète Charlotte.

Et puis, un beau jour, arrive une chose

inhabituelle. Charlotte est en train de brouter tranquillement dans son parc, quand des voix s'approchent. On soulève le parc, et, au lieu de la déposer chez elle comme d'habitude, on l'emporte vers la grande maison des Sans-Fourrure.

Elle traverse la cuisine, suit un couloir, et se retrouve dans une grande pièce où on la pose sur le toit d'un grand truc qui s'appelle une *table*. Charlotte se demande à quoi ça peut bien servir, en tout cas ce n'est sûrement pas fait pour y poser des cochons d'Inde. C'est lisse et glissant, c'est très loin du sol et il n'y a aucune barrière pour se retenir.

Charlotte ose à peine remuer les oreilles. Elle s'assied bien prudemment, mais voilà que tout le monde se met à l'examiner, la tripoter, l'asticoter de diverses façons et même, c'est le comble, À LA RETOURNER LES PATTES EN L'AIR !

Charlotte en est contrariée au plus haut point. « Qu'est-ce qu'ils diraient, eux, si on leur faisait la même chose ? C'est pas gentil, c'est pas du tout gentil. »

Là-dessus, hargne ! Elle mord la main qui la tripote.

« Eh bien ! se dit-elle, ça soulage ! »

Elle n'a pas mordu bien fort, mais assez fort quand même pour laisser une marque et pour leur montrer qu'elle n'aime pas qu'on la traite comme ça.

C'est alors qu'elle aperçoit, horreur ! un grand machin sinistre qui lui tombe dessus. On dirait... « On dirait un hérisson ! Au secours ! Fangio est avec les Sans-Fourrure ! Ils sont tous contre moi ! Sauve qui peut ! » Et elle se met à ruer des quatre pattes.

— Allons, Charlotte, sois sage, ordonne Karen Sans-Fourrure en essayant de la maintenir en place. Si tu veux qu'on t'admire dans ce concours, tu as intérêt à avoir une fourrure bien brossée. Tu veux être la plus belle, n'est-ce pas ?

Pendant plusieurs secondes, le cœur de Charlotte a cessé de battre. « Un concours ! On va m'admirer dans un concours ? »

Chez le marchand d'animaux, on parlait souvent de ces concours. Le père Cochondingue prétendait même que la fiancée de son cousin y avait remporté un prix, mais, comme personne n'a jamais rencontré la fiancée en question, ni le cousin d'ailleurs, son histoire ne vaut pas une crotte de mouche.

Rassurée sur les intentions des Sans-Fourrure, Charlotte se laisse faire. La brosse la chatouille un peu, mais au fond ce n'est pas désagréable du tout. Ça détend.

Charlotte rit doucement. Elle pense à la tête que vont faire les copains quand elle leur racontera ça.

En rentrant chez elle, toute propre et bien peignée, elle est encore plus fière que d'habitude. Dans sa tête, elle a déjà gagné le prix de beauté, avec les félicitations du jury, et tout, et tout.

— Vous savez que je vais gagner le prix ? demande-t-elle à tous les passants.

Elle en a tellement plein la bouche que même Noël lui parle avec respect.

Mais Charlotte a quand même des soucis. Elle se demande où elle va le mettre, ce fameux prix. Pourvu qu'il ne prenne pas trop de place ! Ce n'est pas si grand, son deux-pièces ! Alors elle se répète sa chère devise : *Manger plus, penser moins*. Et elle broute, et elle croque.

« Il faut que je me refasse une santé, se dit-elle. Il faut que je mange un maximum, je suis maigre à faire peur ! »

Ça, pour manger, elle s'y connaît. De l'herbe, des pissenlits, des boutons d'or, du chou, de l'avoine, de la salade, du papier, des carottes et des corn flakes. Surtout, des corn flakes. Charlotte adore les corn flakes, malheureusement on ne lui en donne que le dimanche. Enfin…

Elle mange tout ce qui lui tombe sous la dent. Elle essaye même de manger de la sciure, mais ce n'est pas fantastique. Chaque soir, on lui brosse la fourrure pour qu'elle brille autant que le dessus de la table.

Et le grand jour arrive enfin. Charlotte s'est levée bien avant l'heure, pour croquer un petit morceau. Un dernier coup de brosse, un dernier coup de peigne, et en route !

Pour l'occasion, M. Sans-Fourrure lui a fait une cage de voyage dans une vieille boîte aux lettres. Et, sur un écusson bleu roi au-dessus de la porte, il a peint en lettres d'or : CHARLOTTE PARLOTTE.

À côté d'elle, un lapin de choux s'ennuie comme un rat mort dans son clapier d'osier. « Le pire, dans les concours, c'est l'attente », note Charlotte.

« Ça n'en finit pas... » Le lapin lève un œil terne et retourne à ses pensées moroses. « Encore un qui ferait bien de manger plus et de penser moins, se dit Charlotte. Mais enfin, tout le monde n'est pas philosophe ! »

Et l'attente continue. « Ils feraient mieux de me donner mon prix tout de suite, comme ça les autres pourraient rentrer chez eux, les malheureux ! », se dit-elle.

Malheureusement, ça ne fait que commencer. Car, derrière chaque personne qui s'arrête pour admirer Charlotte, il y en a cinquante autres qui attendent leur tour. Il y en a qui prennent des notes, il y en a qui discutent. Puis on la sort de sa cage de voyage pour la poser sur un machin curieux qu'ils appellent « une balance » (qu'est-ce que c'est encore que ce machin-là ?). Il y en a qui font « hum ! », il y en a qui font « euh... », puis ils se remettent à discuter et à prendre des notes.

« Et ça bavarde, et ça jacasse ! murmure Charlotte, qui s'impatiente de plus en plus. Ils feraient mieux de me le donner, ce prix et qu'on en finisse ! »

Ça y est, quand même ! Ce n'est pas trop tôt ! Charlotte était si sûre de remporter le prix qu'elle n'a pas un battement de cil lorsqu'un membre du jury s'arrête devant elle pour accrocher quelque chose sur sa cage de voyage.

Tout le monde applaudit. « Il est très bien, ce monsieur, se dit-elle. Quel homme de goût ! » Après réflexion, elle ajoute : « D'accord, le choix était facile à faire. Mais il s'en est très bien tiré tout de même. »

Tout au long du chemin du retour, elle poursuit sur le même ton : « Attention, je ne dis pas que tout le brossage spécial qu'on m'a fait ne m'a pas servi. Mais, de toute façon, un cochon d'Inde vraiment élégant a de l'allure dans n'importe quelle tenue ! »

Arrivée chez elle, elle voit, épinglée sur sa cage de voyage... une rosette bleue ! Quel choc !

— Une rosette, couine-t-elle, yiiiiiik, une rosette ! C'est l'histoire de Barsance qui continue ! Le prince me remercie personnellement !

Prise de frénésie, elle se met à tourner sur elle-même comme une toupie malade, pour voir si, par hasard, elle n'aurait pas une ou deux rosettes de plus dans sa fourrure. Mais non. Charlotte s'assied, déçue. Peut-être faut-il plus de temps pour qu'une rosette apparaisse dans la fourrure ?

Pourtant, un peu plus tard, quelque chose dans l'attitude de Karen lui donne un doute.

La petite fille vient nettoyer sa maison.

— C'est tout de même incroyable, marmonne-t-elle, il y a des cochons d'Inde qui remportent le prix de la fourrure la plus épaisse. Il y en a qui remportent le prix de la fourrure la plus douce. J'en ai même connu un qui avait eu le prix des plus longues moustaches. Mais toi, alors !... (Elle éclate de rire.) C'est bien fait, tu n'avais qu'à ne pas être si gourmande !

Charlotte en reste perplexe. « Qu'est-ce qu'elle a voulu dire ? Je suis gourmande, moi ? Au fait, j'ai gagné le prix de quoi ? »

Elle écarquille les yeux en direction de la rosette et de la carte toujours épinglées sur sa cage de voyage. C'est écrit si petit qu'il lui faut un bon bout de temps pour déchiffrer.

Elle lit enfin : « *Le Jury décerne à Charlotte Parlotte, cochon d'Inde, le prix de graisse et d'embonpoint.* »

Ça fait beaucoup à lire sur une si petite carte, surtout quand la lectrice est si indignée qu'elle n'en croit pas ses yeux. Mais, d'un autre côté, le prix aura au moins servi à guérir Charlotte de son incroyable gourmandise... jusqu'à demain, en tout cas !

CHAPITRE VIII

LE BRUIT QUI COURT ET LA TORTUE QUI MARCHE

Le matin suivant, Charlotte n'ose même pas se montrer. Bien entendu, un prix c'est toujours un prix, quel qu'en soit le motif. C'est mieux que rien.

Après une heure ou deux dans son parc, elle a déjà retrouvé le moral.

« Rien de tel qu'un rayon de soleil pour vous changer les idées, pense-t-elle. Un rayon de soleil et un bon somme. »

Des bons sommes, elle en fait même plusieurs. Ça lui permet d'éviter les questions embarrassantes ou les réflexions vexantes. Ça lui permet aussi de récupérer après les émotions de la veille.

Mais, depuis un moment, elle ne pense

plus qu'à une seule chose : à une sorte de pierre toute ronde appelée Sophie.

Sophie est une tortue. On ne la voit pas souvent, parce qu'elle est très longue à venir. Tout à l'heure, elle montait le long des plants de laitue. Et maintenant... maintenant, elle monte encore le long des plants de laitue !

Elle s'arrête à chaque pas pour brouter une feuille, et il lui faut, chaque fois, un bon quart d'heure pour digérer.

— On n'a pas idée de manger sans arrêt comme ça, remarque Charlotte. La gourmandise est le pire défaut que je connaisse.

Quand elle arrive enfin près du parc de Charlotte, il est midi bien sonné.

Après deux ou trois plaisanteries aimables, Charlotte lui demande :

— Et où vas-tu comme ça ?

— Oh ! je vais hiberner, explique Sophie. Nous autres tortues nous faisons ça tous les ans. Passer l'hiver à dormir bien au chaud, voilà la solution. Tout ce qu'il nous faut, c'est des feuilles sur le dos, et dodo ! Il n'y a rien de tel. Qu'il pleuve, qu'il neige ou qu'il grêle, qu'il glace, qu'il vente ou qu'il fasse le temps qu'on veut, moi je m'en fiche.

Inquiète, Charlotte regarde le ciel. À part quelques nuages légers, il fait encore très beau pour la saison.

Sophie poursuit :

— Même les orages, la foudre, les éclairs, pas de problème !

— Tu ne serais pas un peu en avance, par hasard ? interrompt Charlotte. L'hiver est encore loin...

— Peut-être. Mais, quand on est une tortue, on doit toujours s'y prendre à l'avance, répond Sophie, lentement et posément. C'est si long pour aller n'importe où ! Je dois me lever tôt rien que pour traverser la route ! Et si jamais j'ai l'intention de traverser la route et de revenir ensuite, il faut que je parte la veille ! Mais ça ne fait rien, j'ai l'habitude. Dès que je trouve un coin tranquille, je m'y installe. Et alors je ne crains plus rien. Ni le gel, ni les averses, ni les tempêtes de neige, ni...

Mais Charlotte en a plus qu'assez de parler de la pluie et du mauvais temps. Elle demande :

— Si tu dors tout l'hiver, comment sais-tu ce qu'il se passe ?

— Il ne se passe rien du tout, justement, dit Sophie en se rengorgeant. Quand on est une tortue comme moi, on sait ça aussi. On s'endort à l'automne, et quand on se réveille au printemps le monde est toujours là. Pas de changement.

— Pas de changement ? (Charlotte n'en croit pas ses oreilles.) Comment ça, pas de changement ? Mais ça change tout le temps, ça n'arrête pas de changer !

— Qu'est-ce qui change tout le temps ? demande Sophie. Trouve-moi une seule chose qui a changé depuis ce matin.

Charlotte regarde autour d'elle. Pour une fois, elle n'a rien à dire.

— Oui, dit Sophie, je t'écoute. Mais dépêche-toi quand même, il faut que j'aie traversé cette pelouse avant la nuit.

— Euh... oui... bon... euh...

Charlotte lève les yeux au ciel, cherchant désespérément quelque chose à répondre, quand une illumination subite la frappe. C'est le moment ou jamais de *faire courir un bruit*.

— Je ne veux pas t'ennuyer avec ça, dit-elle d'un air important, mais tu n'as rien remarqué de curieux à propos du soleil, ce matin ?

— Quel soleil ? (Sophie tourne la tête vers les nuages). Je ne vois pas de soleil, moi.

— Eh ! non, dit Charlotte, qui jette un coup d'œil sur les nuages. Pas de soleil, comme tu dis. Et tu peux toujours attendre pour le revoir !

Elle s'approche de Sophie :

— Figure-toi qu'il s'est pris pour la lune. Il s'est levé du mauvais côté ce matin. Au lieu d'apparaître à l'est comme les autres jours, il s'est levé à l'ouest ! Tu te rends compte ?

Non, Sophie ne se rend pas compte. Elle rumine tout ça pendant un bon quart d'heure, puis elle décide d'avaler sa salive, et la nouvelle avec.

— Eh bien ! s'il n'arrive que des trucs comme ça quand je ne regarde pas, je crois que je ferais mieux d'hiberner toute l'année !

Et, sans un adieu, elle s'élance comme une flèche, enfin, disons qu'elle s'éloigne le plus vite qu'elle peut, si bien que, vers quatre ou cinq heures de l'après-midi, elle a complètement disparu dans les broussailles.

Charlotte a presque oublié l'incident quand elle voit venir Fangio en vitesse de pointe, ses piquants couchés sur le dos pour avoir l'air d'un coureur.

— Charlotte, Charlotte, glapit-il, tu es au courant ? Le soleil a quelque chose. Il tourne à l'envers !

Charlotte ne daigne pas lever un œil pour si peu.

— Tu n'as rien de plus neuf à m'apprendre ? lui demande-t-elle.

Ébranlé par un tel calme, Fangio continue :

— On dit aussi que quelqu'un a débouché la Méditerranée. Elle s'est vidée d'un seul coup. Et ça s'est mis à gargouiller très fort au fond de la terre !

Charlotte étouffe un bâillement :

— Tiens, tiens, dit-elle, comme c'est intéressant !

Alors Fangio ne cache plus son admiration.

— Je te trouve bien calme, dit-il enfin. En tout cas, je n'aimerais pas être coincé dans une cage un jour comme aujourd'hui ! Allez, salut !

Peu après, c'est le tour de Noël.

— Tu ne vas pas me croire, glousse-t-il, mais ce matin le soleil s'est levé à l'envers. Alors quelqu'un a débouché la Méditerranée, qui s'est vidée d'un seul coup. Ça a fait un de ces bruits de gargouillis dans le dégoulou ! Moi, je ne l'ai pas entendu, mais il paraît que c'était affreux ! Tout ça, c'est de leur faute, aux humains. Ils creusent, ils creusent, et tous ces machins qu'ils retirent du fond de la terre depuis des années... le charbon, le pétrole... et le gaz... ça a fini par faire un grand trou dans le milieu. Et l'eau s'est vidée là-dedans, tu penses !

Noël reprend son souffle. Mais lui qui s'attendait à voir Charlotte sauter au plafond et couiner comme une folle, quelle déception ! Elle ne s'est même pas arrêtée de manger.

— C'est tout ce que ça te fait ? s'exclame-t-il.

— Parfaitement, répond-elle sans s'émouvoir. Une nouvelle comme celle-là, ça creuse. Et c'est très mauvais de réfléchir l'estomac vide.

— Tu n'as jamais eu l'estomac vide depuis le jour de ta naissance ! jette Noël.

— C'est-à-dire..., commence Charlotte.

Mais déjà Noël a filé.

Faire courir un bruit, c'est tout de même un bon passe-temps. Un peu comme planter une graine pour la regarder pousser. On ne sait jamais ce que ça va donner.

Peu après, le soleil sort des nuages.

— Ça va, remarque Charlotte, il est à la bonne place. Bon, je vais piquer un somme.

Mais à peine a-t-elle les yeux fermés que la pelouse se met à tourner sous ses pattes. Charlotte a horriblement mal au cœur. Ce coup-ci, c'est vraiment la fin du monde ! Elle ouvre l'œil.

Rien d'anormal. L'herbe est toujours là. Le soleil... Aaah ! Le soleil !

C'est horrible ! En moins d'une minute, le soleil a complètement changé de place dans le ciel ! Tout à l'heure, il était à droite de son parc, et maintenant...

Maintenant il est à gauche !

— Au secours ! Yiiik ! Police ! Pompiers ! Je ne veux pas tourner à l'envers !

Sauve qui peut ! Les femmes et les cochons d'Inde d'abord ! Euh... je veux dire, les cochons d'Inde et les femmes d'abord ! Yiiik !

Sans cesser de couiner, Charlotte se prend les pattes dans une touffe d'herbe et s'étale de tout son long.

— Là, là, calme-toi...

— Qu'est-ce qui t'arrive ?

— C'est fini, ma Charlotte, c'est fini...

La famille Sans-Fourrure est accourue pour la calmer. Peine perdue : Charlotte reste étendue, tremblant de tous ses membres, les paupières serrées et les moustaches pendantes. Et rien à faire pour la remettre sur pattes.

— Les animaux sont bizarres, aujourd'hui, dit Mme Sans-Fourrure après le dîner. Je me demande ce qu'ils ont. Noël qui grimpe dans un arbre, impossible de le faire descendre... Fangio qui se prend pour un bolide et qui tourne en rond... Et même Sophie qui n'a jamais couru aussi vite ! Tous les voisins disent la même chose : les animaux sont devenus fous. Et Charlotte...

— C'est drôle, coupe Karen, Charlotte est restée tout à fait normale jusqu'à ce que je tourne son parc. Après ça, elle était encore plus folle que les autres ! Je me demande bien pourquoi...

On ne le saura jamais. Car le lendemain tout est rentré dans l'ordre. Noël est descendu de son arbre, Fangio s'est remis à chasser ses insectes, et Sophie est repartie chercher un coin pour hiberner, comme si de rien n'était.

Plus d'un parmi eux, cependant, a gardé l'habitude de regarder le ciel d'un air bizarre, plusieurs fois par jour ; et, pour une bonne semaine, un certain cochon d'Inde s'est tenu tout à fait tranquille.

Le cochon d'Inde en question n'a plus jamais eu envie de faire courir ces bruits.

CHAPITRE IX

LA BÊTE DU GÉVAUDAN

Vers la fin de l'automne, voilà qu'il y a des remous chez les Sans-Fourrure. Charlotte dresse l'oreille pour saisir des bribes de conversation apportées par le vent.

Toute la famille doit partir prochainement en week-end ; il faut donc trouver quelqu'un pour garder les animaux. Il y a un voisin qui peut s'occuper de Noël. Sophie et Fangio se débrouillent très bien tout seuls, mais Charlotte ? Demander aussi aux voisins ! « Ils ont leur gazon à tondre... » « On ne peut pas leur imposer ça », « Et la Bête du Gévaudan ? », voilà les trois phrases qui reviennent le plus souvent aux oreilles de Charlotte. « Moi, je l'aurais laissée ici, avec une bonne provision d'avoine, mais, avec cette Bête du Gévaudan qui rôde, je serais beaucoup plus tranquille si nous l'emmenions. »

« Moi aussi je serais beaucoup plus tranquille », se dit Charlotte. Elle ne connaît pas cette fameuse Bête du Gévaudan, mais elle n'a pas du tout envie de faire sa connaissance. Un nom pareil ne lui dit rien qui vaille.

Cette Bête du Gévaudan, ça fait des mois qu'on en parle. Elle sort la nuit, elle tue les moutons, les poules, tout ce qu'elle rencontre.

Personne ne sait à quoi elle ressemble, mais moins on en sait, plus on en parle. Les gens se souviennent de cet énorme loup qui terrorisait, il y a deux cents ans, les habitants d'une région de France nommée « le Gévaudan ». Cette bête-ci est peut-être de la même famille ? En tout cas, ils ont pris l'habitude de l'appeler « la Bête du Gévaudan ».

Et ils se sont mis à rentrer leurs animaux toutes les nuits.

Mais Noël n'a rien voulu entendre. Il a une chatière dans la porte de la cuisine, par où il peut entrer et sortir à sa guise.

Et, quand Mme Sans-Fourrure a voulu condamner sa chatière, il a piqué une telle colère qu'elle a dû y renoncer. Noël continue donc à sortir la nuit, et c'est le seul.

Demain, le départ ! Charlotte est si excitée qu'elle a du mal à s'endormir. Elle n'est jamais partie en week-end, et elle ne connaît pas encore les grands-parents de Karen, quelle fête !

Le voyage s'est très bien passé. M. Sans-Fourrure et le grand-père de Karen ont sorti sa maison du coffre de la voiture, pour l'installer dans le jardin. Charlotte est ravie : le grand-père est si gentil pour elle ! Toutes les cinq minutes il lui apporte quelque chose de bon : une poignée d'herbe, et celle-ci devient rare en cette saison, deux ou trois carottes, des cosses de petits pois, des boutons d'or ou des pissenlits.

Pour la remercier, Charlotte mange tout ça dès qu'il le lui apporte, et, comme il en apporte sans arrêt, Charlotte ne cesse de manger. Le soir venu, elle se sent plutôt lourde et toute gonflée. Grand-père vient lui souhaiter bonne nuit avec une dernière botte de cresson.

— Tu sais que tu coûtes cher à nourrir, toi ! lui dit-il avec un clin d'œil.

« Ça, c'est un chouette yiiiiiiiik-end ! », couine Charlotte en attaquant le cresson. C'est un délicieux cresson, et pourtant notre gourmande a du mal à le finir. La dernière feuille avalée, elle n'a que la force de se traîner jusqu'à son lit de foin.

Et là, impossible de s'endormir ! Son estomac barbouillé la tiraille affreusement, elle a l'impression qu'elle va éclater. Elle flotte pesamment dans un demi-sommeil, elle rêve qu'elle est enfouie au cœur d'une épaisse forêt de cresson et qu'elle doit manger toute la forêt pour se libérer. Elle rêve encore qu'elle est poursuivie par un loup terrifiant, aux yeux brillants comme des étoiles vertes, et qu'elle n'a plus la force de courir. Quand ses crocs tranchants vont se refermer sur elle, elle s'éveille en sursaut.

Quelque chose craque au-dessus d'elle. Elle lève la tête pour voir une forme noire qui se découpe dans le clair de lune, et deux yeux brillants qui la regardent !

Charlotte enfouit sa tête dans le foin et se met à hurler de toutes ses forces.

— YIIIIK ! LA BÊÊÊÊTE DU GÉÉÉÉVAUDAN ! AU SIIIIICOURS !

Dans la maison, les lumières s'allument, les portes claquent.

Entrouvrant un œil prudent, Charlotte voit avec soulagement que la Bête a disparu. Éperdue de reconnaissance, elle se jette dans les mains de Papy Sans-Fourrure, qui vient ouvrir sa porte.

« J'ai crié si fort que je lui ai flanqué la trouille, à cette sale Bête », se dit-elle. Papy l'emporte à l'intérieur de la grande maison, où elle se sent encore plus courageuse. Elle s'imagine qu'elle aurait pu la dévorer toute crue, cette Bête du Gévaudan. Elle oublie sa peur, et commence à inventer l'histoire de son combat contre la terrible Bête, un combat magnifique, une victoire éclatante pour Charlotte Parlotte.

Et ça ne fait que commencer. Dès son retour, Charlotte se met à raconter ses exploits à longueur de journée. Tout le monde se presse autour de sa cage. Bientôt, c'est la cohue. Certains animaux ont fait des kilomètres à pied pour venir l'entendre raconter son exploit héroïque, et Charlotte, qui n'est pas modeste, ne se fait pas prier.

À force d'être écoutée, à force d'être racontée, l'histoire se met à grossir, à grossir de plus en plus, et la Bête aussi. Au début la Bête avait la taille d'un gros chien, elle est vite devenue aussi grande qu'un cheval, aussi féroce qu'un tigre, aussi agile qu'un singe et aussi forte qu'un bœuf.

Charlotte arrive même à imiter une espèce de rugissement pour accompagner son histoire. Elle pousse du fond du ventre, ça lui tourne plusieurs fois autour de l'estomac, et, quand ça sort en lui raclant la gorge, c'est réellement effrayant à entendre.

Bouche bée, souffle court, le public l'écoute expliquer comment elle s'est servie de ce rugissement pour terroriser l'énorme monstre.

— Car il était énorme ! Peut-être pas aussi gros qu'un éléphant, non... elle se rend compte qu'il ne faut pas trop exagérer, mais presque la même taille tout de même.

Fangio frissonne.

— Heureusement que j'ai mes piquants ! s'exclame-t-il.

Charlotte lui jette un regard protecteur :

— Ça peut toujours servir, en effet, dit-elle. Mais si tu ne sais pas rugir en plus, tu es perdu !

Et, pour mieux se faire comprendre, elle presse son museau contre le grillage et fait

entendre un rugissement si horrible que tous les animaux détalent comme s'ils avaient tous les diables de l'enfer aux trousses.

Mais pas Noël. Il est resté tout seul, à se lécher tranquillement. Pendant un moment, il ne dit rien. Il regarde Charlotte qui dévore ses flocons d'avoine.

— Hum... dit-il enfin. Je suppose que la Bête est venue juste après ma visite À MOI...

Charlotte manque de s'étrangler. Toussant et crachant, elle regarde le chat. Il a l'air de bien s'amuser.

— Eh ! oui, explique-t-il. Je suis allé jusque là-bas pour te voir. La nuit, je n'ai pas beaucoup de distractions, en ce moment, avec tous les animaux qui sont bouclés dans les maisons. Alors je me suis dit qu'une petite visite te ferait plaisir.

Charlotte ne dit rien. Elle commence à comprendre...

— J'ai essayé de te réveiller en grattant le toit, continue Noël, mais tu avais sans doute un cauchemar. Tu n'arrêtais pas de pousser ces petits couinements stupides.

Quand toutes les lumières se sont allumées dans la grande maison, je suis rentré ici. Je ne voulais pas d'histoires.

Noël fixe sur Charlotte un regard ironique.

— Après tout ce que tu nous as raconté, je crois que j'ai drôlement bien fait de partir, dit-il. Quoique je regrette un peu de ne pas l'avoir vue de mes yeux, cette fameuse Bête. Elle était comment, au juste ?

Charlotte est si vexée qu'elle préfère ne pas répondre. Le nez dans son écuelle d'avoine, elle fait semblant de dormir profondément.

Noël hausse les épaules et s'éloigne en ricanant.

CHAPITRE X

« DANSONS LA CHARLOTTINE »

C'est l'automne. À présent Charlotte ne quitte sa chambre que pour prendre ses repas. Tous les soirs, elle fait gonfler son matelas de foin pour s'y enfouir bien au chaud. Et parfois, le matin, elle a tellement de mal à sortir du lit qu'elle emporte un édredon de foin dans l'autre pièce, pour prendre son petit déjeuner au lit.

Et puis, un jour, sans prévenir, voilà que des balles blanches grosses comme des billes et dures comme du bois se mettent à tomber du ciel en rangs serrés, labourant le sol et tambourinant sur le toit de sa maison.

Terrorisée, Charlotte se met à crier comme un beau diable.

— Au sicours ! Au siiiicours !

Elle croit que c'est la guerre et que l'ennemi lui tire dessus de tous les côtés à la fois.

Mme Sans-Fourrure accourt aussitôt avec un parapluie, et ouvre la porte grillagée. Charlotte a si peur de mourir sous les balles qu'elle se jette au-dehors en hurlant de terreur. Des mains se tendent pour l'attraper, mais c'est trop tard. Charlotte tombe dans le vide et s'écrase sur le sol du jardin.

Elle ne bouge plus. Karen hurle. Mme Sans-Fourrure se tord les mains de désespoir.

Quand Charlotte revient à elle, elle est étendue sur une serviette moelleuse dans une chambre douillette de la grande maison, et Mme Sans-Fourrure la frictionne doucement. Elle essaye de remuer ses pattes de derrière, mais la douleur lui fait pousser un faible cri. Charlotte vient de s'apercevoir que tout l'arrière de son petit corps est complètement paralysé. Elle voudrait bouger, mais c'est impossible. La douleur revient si fort qu'elle perd à nouveau connaissance.

Elle se réveille dans une pièce toute blanche et propre, baignée d'une lumière douce. Ça sent une drôle d'odeur, et un homme habillé de blanc est penché sur elle. Mme Sans-Fourrure est debout près de lui. Alors le monsieur en blanc sort un petit bouton blanc d'une boîte blanche, et Charlotte tend l'oreille.

— Vous lui en donnerez un quart tous les matins, pour le cas où elle souffrirait du choc, dit-il à Mme Sans-Fourrure. Il lui faudra peut-être deux ou trois jours pour se remettre... »

Charlotte n'a plus mal, mais tout le bas de son corps est insensible. Elle ne peut ni se lever ni bouger ses pattes de derrière.

— Si elle ne va pas mieux dans une semaine, dit le monsieur en blanc, il faudra se résigner à la...

Charlotte n'entend pas la fin de la phrase, car le monsieur s'éloigne avec Mme Sans-Fourrure. Alors elle se rendort...

Une semaine passe, puis une autre, et Charlotte ne guérit pas. Les journées lui semblent d'une longueur épouvantable. Elle somnole et ne mange presque plus. C'est incompréhensible. Karen se désespère. Une fois par jour, on lui donne son quart de comprimé, et on lui masse les pattes. Mais ça ne change rien.

Évidemment, tous les animaux du voisinage sont au courant. Ils viennent lui rendre visite aussi souvent qu'ils le peuvent. Mais ça ne change rien.

Même Sophie est sortie de son hibernation pour venir remonter le moral de sa vieille copine. Elle lui a apporté une carotte de secours qu'elle avait mise de côté. Mais Charlotte reste paralysée.

Le vétérinaire n'y comprend rien.

— Qu'elle continue à prendre ses quarts de comprimé..., dit-il d'un air perplexe. Normalement tout devrait rentrer dans l'ordre d'un jour à l'autre. Les pattes fonctionnent,

le cœur est bon, rien de cassé... C'est un cas unique...

Charlotte se sent fière d'être un cas unique, mais elle aimerait mieux être un cas normal et pouvoir courir à sa guise. Hélas ! rien à faire.

— Elle a peut-être besoin d'un changement dit le vétérinaire à la fin de la troisième semaine. Quelque chose qui lui changerait vraiment les idées.

Pour Charlotte, c'est la remarque la plus intelligente qu'elle ait entendue jusqu'ici. Elle a les idées si noires, si tristes et si lourdes qu'elle donnerait tout ce qui lui reste pour qu'on les lui change. Malheureusement, elle craint que l'opération ne fasse mal.

Sur le chemin du retour, Mme Sans-Fourrure explique à sa fille ce que le vétérinaire a voulu dire : se changer les idées, c'est simplement se distraire.

Charlotte trouve ça un peu léger.

— Me distraire ! Ils en ont de bonnes ! Est-ce qu'un malade dans mon état a envie de se distraire ? C'est incroyable !

Les Sans-Fourrure ont tout essayé. Mais ça ne change rien.

Sans la télévision, l'inexplicable maladie aurait pu durer des années.

Tous les soirs, pendant qu'on nettoie sa maison sur pattes, on pose Charlotte sur le tapis de la salle à manger de la grande maison, juste devant la télévision.

C'est une grande boîte carrée, debout dans un coin de la pièce, qui vous regarde avec son gros œil brillant. Une télévision n'a pas de bouche, et pourtant ça raconte des histoires. Une télévision n'est pas très grande, et pourtant il y a plein de monde à l'intérieur. Une télévision, c'est idiot, et pourtant tout le monde l'écoute et la regarde. Et Charlotte aussi.

Dès que ça s'allume, Charlotte arrête net toutes ses idées noires pour écouter la musique et regarder le spectacle. Elle est absolument fascinée, et pleure quand on veut la remporter chez elle.

— Laisse-la donc regarder encore, dit Mme Sans-Fourrure. La télévision, c'est excellent pour les convalescents. Ça fait passer le temps...

Ce soir, la musique est plus belle que jamais. Charlotte ose à peine respirer.

— Tiens, c'est « Dansons la capucine », dit Karen. On dirait que ça lui plaît...

— Ça te plaît, « Dansons la capucine » ? demande M. Sans-Fourrure.

Mais Charlotte ne répond pas. Elle est contente de savoir que ça s'appelle comme ça, mais elle est bien trop occupée à écouter pour dire quelque chose.

Ah ! c'est beau, c'est si beau ! Dans l'œil brillant de la télévision, Charlotte voit une capucine blanche qui danse, qui danse à n'en plus finir, et de gauche et de droite, en avant en arrière, pas chassé pas glissé, c'est si beau la capucine que Charlotte en a les yeux mouillés de larmes.

Elle bat des cils, ferme les paupières et s'imagine que c'est elle, la capucine, et qu'elle danse, danse à n'en plus finir, au son de cette musique magique. Et de gauche et de droite, en avant en arrière, pas chassé pas glissé...

— BONTÉ DIVINE, CHARLOTTE, TU ES DEBOUT ! lui crie-t-on de l'autre côté de son rêve.

Elle ouvre les yeux et... SURPRISE ! ELLE EST VRAIMENT DEBOUT ! Elle s'est levée sans s'en rendre compte, et ça ne lui a pas fait mal du tout. Elle est guérie.

— Victoire ! couine-t-elle, je me suis changé les idées ! Nous vivons une époque formidable, ajoute-t-elle en clignant de l'œil vers le gros œil brillant de la télévision.

CHAPITRE XI

UN COCHON D'INDE SUR LA LUNE

Charlotte est guérie. Maintenant elle marche, elle court, elle gambade, elle fait même la pirouette, comme tous les cochons d'Inde quand ils sont contents.

Bien sûr, ce n'est qu'une petite pirouette, pas un saut périlleux : elle manque de place dans sa maison, et, avec l'hiver qui s'avance, pas question de la sortir dans son parc. D'ailleurs, dans le jardin, il n'y a plus d'herbe, il n'y a qu'un épais tapis de feuilles mortes.

Toute la journée, M. Sans-Fourrure ratisse les feuilles. Toute la journée, le vent ramène les feuilles sur le jardin. Et plus M. Sans-Fourrure les ratisse, plus le vent les ramène.

— Il faudrait mettre quelque chose de lourd sur le tas de feuilles, pour que le vent ne les rapporte pas chaque fois, lui dit Karen.

Peu après, Karen et son père s'approchent de la maison de Charlotte. Ils la prennent chacun par un bout et l'emportent vers le tas de feuilles mortes.

— Yiiik ! s'écrie la malheureuse. Les Sans-Fourrure ont décidé de se débarrasser de moi ! Ils veulent me jeter sur le tas de feuilles pour me brûler comme une vieille ordure ! Yiiiik ! Au siiiiiicours !

Mais non. Voilà qu'ils dépassent le tas de feuilles, et qu'ils continuent à la porter vers le garage, au fond du jardin.

À peine rassurée, Charlotte hurle encore : « Yii-ii-ii-ik ! Au sii-ii-ii-icours ! »

— Allons, Charlotte, c'est fini, lui dit Karen quand ils posent sa maison dans la pièce sombre aux portes coulissantes, à côté de la voiture de M. Sans-Fourrure. C'est juste pour ce soir, lui explique Karen. Ici, c'est plus sûr. On va laisser la porte entrouverte, si jamais Noël veut se mettre à l'abri lui aussi.

Le museau de Charlotte sort du foin. « Quoi-quoi ? dit-elle. Plus sûr que quoi ? À l'abri de quoi ? Oh ! que je n'aime pas ça !

À ces mots, une lumière siffle dans l'air, en crachant des étincelles. Charlotte en perd presque tous ses poils.

Puis une forte explosion retentit au-dehors et vient résonner dans le garage, tandis que des centaines d'étoiles se mettent à ruisseler dans le ciel.

Charlotte s'enfouit les yeux entre ses pattes quand Noël débouche en trombe et

vient se réfugier, tout tremblant, entre les pattes de la maison de Charlotte.

— Yiiiiik ! couine Charlotte, yiiiiiiiiiii ! qu'est-ce qu'il se passe ?

— Ce n'est qu'un feu d'artifice, calme-toi, dit Noël. Les Sans-Fourrure adorent ça et ils en font souvent...

— Yiiik ! Un feu dentifrice ? Au siii-cours ! Au feu les pompiers ! Yiiiiiiiiiiiiiii-iiiiiiiiiiiiiiiiiiiiiiiiiiiiiiiiiiiiiiiiiiiiiiik !

— Oh ! ça va ! Tais-toi ! Je suis venu ici pour être au calme, et tu fais plus de bruit que le feu d'artifice ! Vraiment, je me demande pourquoi vous vous croyez obligés de couiner tout le temps comme ça, vous autres cochons d'Inde. Les chats ne font pas ça, eux.

— Ni les hérissons, ajoute Fangio, qui vient d'arriver.

Au prix d'un effort surhumain, ou plutôt surcochondindien, Charlotte retrouve un peu d'assurance.

— Euh-euh... dit-elle. Les cochons d'Inde couinent parce qu'ils ont toujours couiné et qu'ils n'ont pas de raison d'arrêter tout d'un coup. Ça date de la lune, alors vous pensez...

— De la lune ? demandent Fangio et Noël d'une même voix.

— Oui, de la lune. Vous ne saviez pas que les cochons d'Inde sont allés sur la lune, il y a des années ?

— Ça y est, encore une de ses histoires, dit Noël en s'asseyant. Mon vieux Fangio, tu peux t'installer confortablement, il va y en avoir pour un moment...

Mais Charlotte continue comme si elle n'avait pas entendu.

— Parfaitement, nous sommes allés sur la lune, nous autres cochons d'Inde. Et nous en sommes revenus. Et d'ailleurs, c'est pour ça qu'on couine.

— Ah ? dit Fangio.

— Pfff, dit Noël.

Mais Charlotte continue.

— C'était en l'an un avant JP...

— Avant JC, tu veux dire..., interrompt Noël.

— Avant J.P. Je sais ce que je dis, reprend Charlotte. Ça signifie : avant le

Jour des Pissenlits, c'est-à-dire il y a très, très longtemps.

— Ah ! dit Fangio.

— Pfff, dit Noël.

Mais Charlotte continue.

— Comme je vous l'ai déjà dit, le Pérou était plein de cochons d'Inde à cette époque, et la nourriture se faisait de plus en plus rare. Évidemment, s'ils avaient su que l'on découvrirait les pissenlits l'année suivante, ils ne se seraient pas fait de soucis, mais ils ne pouvaient pas le savoir. Alors ils décidèrent d'aller voir s'il y avait de l'herbe sur la lune.

— Ah ! dit Fangio.

— Pfff, dit Noël.

Mais Charlotte continue.

— Dans ce temps-là, c'était un très long voyage, parce qu'il n'y avait pas encore de musées.

— De quoi ? demande Fangio.

— De fusées, répond Noël. Avec un F.

Charlotte lui lance un regard furieux :

— Il n'y avait pas encore de F non plus, dit-elle sèchement. On ne les avait pas encore inventés.

— Ah ? dit Fangio.

— Pfff, dit Noël.

Mais Charlotte continue.

— Enfin, bref... comme il n'y avait pas encore de musées, sans F, ni d'échelle assez longue, ils ont fait ce qu'il y avait de mieux à faire : ils sont montés les uns sur les autres !

— Ah ! ça, c'est impossible, dit Fangio. La lune est trop loin d'ici. Elle est encore plus loin que les broussailles !

— Tout le monde croyait que c'était impossible jusqu'à ce que les cochons d'Inde l'aient fait, répond Charlotte d'un air tranquille.

— Ah ! dit Fangio.

— Pfff, dit Noël.

Mais Charlotte continue.

— Les cochons d'Inde ont attendu une nuit propice, sans nuage et sans vent, et ils y sont allés. D'abord, ils se sont rangés par ordre de taille, les plus grands à gauche, les plus petits à droite. Et ils ont choisi le plus gros et le plus fort pour être le premier.

— Ah ! dit Fangio.

— Pffff, dit Noël.

Mais Charlotte continue.

— Et du plus costaud au moins costaud tous les autres cochons d'Inde se grimpèrent sur les épaules. Quand le plus petit, le dernier de tous, commença l'escalade, le jour se levait presque. Aaaaah ! quel spectacle ! Tous les animaux de la terre étaient accourus pour voir ça. Même les chats et les hérissons !

— Ah ! dit Fangio.

— Pffff, dit Noël.

Mais Charlotte continue.

— Et quand le bruit courut que le plus petit cochon d'Inde, le dernier de tous, venait de poser la patte sur la lune, quel concert de cris, de rugissements, de barissements, de miaulements, de meuglements, de beuglements, de hurlements, de glapissements, de croassements, de feulements, de roucoulements, de...

— Oh ! ça va ! fait Noël, excédé. Il ne manque que les couinements !

— Justement, dit Charlotte d'un air sinistre. C'est alors que le désastre s'est produit. Le premier cochon d'Inde avait beau être le plus costaud : sous l'énorme poids des autres, il s'était enfoncé dans le sol petit à petit, et maintenant sa tête était au niveau des touffes d'herbe.

« Tout à coup, une goutte de rosée roula sur une feuille et lui tomba sur le nez. Elle était pleine de pollen. Ça lui chatouillait les narines et ça lui donnait envie d'éternuer. Il essaya de la lécher, mais il avait la langue trop courte. Il essaya de secouer la tête, mais il avait peur de faire tomber les autres. Il essaya de retenir sa respiration et de penser à autre chose, mais c'était trop tard.

« Avant qu'il ait pu prévenir ses nombreux copains, il lança l'éternuement le plus sonore, le plus monstrueux qu'on puisse imaginer. L'immense colonne des cochons d'Inde oscilla dangereusement. Pendant une seconde, on aurait pu croire qu'elle retrouverait son équilibre, mais une grave ondulation se mit à la parcourir, comme une vague qui déferle, et ce qui devait arriver arriva : tous les cochons d'Inde se retrouvèrent par terre.

« Fort heureusement, le sol est mou au Pérou, ce qui fait qu'aucun d'entre eux ne fut blessé grièvement. Mais ils étaient tous terriblement secoués, et ce fut la fin du ‘‘projet lune’’, car personne ne se sentait le courage de faire un deuxième essai.

— Passionnant, fit Noël, qui bâillait à s’en décrocher la mâchoire. Mais ça ne nous dit pas pourquoi les cochons d’Inde font « Yiik ! ».

Charlotte lui jette un regard méprisant :

— Mon pauvre ami, toi aussi tu ferais « Yiik ! » s’il t’arrivait de tomber d’une hauteur pareille !

— Ah ? dit Fangio.

— Pfff, dit Noël en s’éloignant. Ça m’apprendra à poser des questions idiotes !

CHAPITRE XII

UNE VISITE INATTENDUE

Charlotte a des soucis. Oh ! pas de gros soucis, mais des soucis quand même. À cause de son bol à eau. Tous les matins, il est au milieu d'une mare, et, tous les matins, on accuse Charlotte de l'avoir renversé.

Ça fait des histoires à n'en plus finir, et Charlotte en a vraiment ras le bol, c'est le cas de le dire. Car elle seule est assez petite pour voir, sur le côté du bol, une minuscule fente qui est responsable des inondations.

« Il n'y a pas trente-six solutions, se dit-elle. Il faut que je m'en débarrasse, et on n'en parlera plus. »

S'en débarrasser, d'accord, mais comment ? Avec du grillage sur la porte et une vitre à la fenêtre, on ne peut rien jeter.

Charlotte se dit qu'on aurait tout de même pu lui installer un vide-ordures, c'est vrai, quoi !

« J'ai bien peur de finir ma vie les pieds dans l'eau. Je vais attraper une pneumonie, des rhumatismes articulaires ou même un rhume. Et j'en mourrai. »

Fort heureusement, une occasion se présente peu de temps après. Pendant trente secondes, on la laisse toute seule, dans la salle à manger, *avec la porte grande ouverte*.

Elle ne fait ni une ni deux, et crac ! le bol est par terre. En douze morceaux. Une porte claque, on accourt.

— Non, ce n'est rien, c'est juste le bol à eau ! Ouf ! J'ai eu peur qu'elle ne soit tombée comme l'autre fois !

Karen ajoute :

— En tout cas, pour le bol, c'est réglé. Je vais lui mettre un bol en plastique en attendant que le Père Noël fasse un effort !

— Le père Noël ? s'inquiète Charlotte. D'abord, Noël ne m'avait jamais parlé de son père, et ensuite je me demande bien ce qu'un vieux chat pourrait faire avec mon bol à eau...

Mais elle ne se tracasse pas pour si peu. Elle a trop à faire, les jours suivants, avec tout ce qui se passe au-dehors.

Voilà M. Sans-Fourrure qui arrive avec un arbre sur le dos, et il en est fier :

— Je l'ai eu de justesse, explique-t-il à sa femme, c'était le dernier. Le marchand dit qu'il en a vendu plus de cinquante.

Et voilà qu'il fixe l'arbre sur le pied du parasol !

— Tout ça n'est pas clair, se dit Charlotte.

Maintenant, voilà Karen, avec une bande de copains. Ils s'arrêtent devant sa porte et se mettent à chanter. Ils chantent un truc bizarre qui commence comme ça :

« Petit papa Noël, quand tu descendras du ciel... »

Charlotte est horrifiée : un chat volant... on aura tout entendu !

Les gosses ont leurs chaussures à la main, ils parlent de cadeaux. « Ils sont bien gentils de m'offrir leurs souliers, seulement j'ai peur qu'ils ne soient trop grands pour moi », se dit Charlotte.

Karen dit à ses copains :

— Bon, venez, on va chanter à une vraie porte.

Et ils s'éloignent tous en rigolant.

— Tout ça n'est pas clair, se dit Charlotte.

De son côté, Fangio a frôlé la mort. Il était au bord de la route et laissait passer un gros camion, quand un énorme paquet lui est tombé dessus. Il n'a eu que le temps de bondir, le paquet lui a frôlé les piquants.

De son côté, Noël a fait une découverte. Dans le quartier, tout le monde fait pousser des arbres dans le salon. C'est très étrange. Et sur les arbres tout le monde met des bonbons et des machins brillants, et aussi des lumières qui s'allument et qui s'éteignent.

« Tout ça n'est pas clair, se dit Charlotte. »

Noël décide d'approfondir son enquête. Il escalade l'arbre scintillant dans le salon des Sans-Fourrure. Au moment où il s'empare d'une boule dorée pour la renifler de plus près, voilà que tout le machin s'écroule par terre, patadzing ! Noël n'a que le temps de déguerpir par sa chatière pour échapper aux coups de balai furieux.

Charlotte résume la situation :

— Tout ça n'est pas clair !

Le même soir, dans le noir, il se passe quelque chose qui n'est pas clair non plus.

Bien enfouie dans son foin douillet, Charlotte dort, quand on ouvre sa porte et qu'on gratte sa sciure ! Et puis voilà qu'on se met à froisser du papier !

— Ah ! se dit Charlotte, tu parles d'une heure pour faire du nettoyage ! Enfin, s'ils ont envie de me changer ma sciure deux fois par jour, c'est leur affaire !

Et elle se rendort aussitôt.

Un vacarme terrible la réveille en sursaut. Il fait grand jour. Toute la famille est là, devant sa porte, à appeler le chat :

— Joyeux Noël ! crient-ils comme des fous, joyeux Noël !

Elle bâille, s'étire, se lève et se dirige vers son petit déjeuner. En entrant dans la salle à manger, ô surprise ! elle voit qu'on écrit quelque chose dans la sciure. Ça lui rappelle quelque chose : C... H... A... CHARLOTTE ! CHARLOTTE PARLOTTE ! Quelqu'un a écrit son nom dans la sciure, exactement comme elle avait fait, il y a très longtemps, en arrivant chez les Sans-Fourrure.

Elle ne se sent plus de joie et se met à courir en tous sens. Elle couine de toutes ses forces, la sciure vole sous ses pattes.

— Yiiik ! Yiiiiik !

— Tu vois ! triomphe Karen, elle sait lire son nom ! Je te l'avais bien dit !

— Mais oui, mais oui, bien sûr ; en attendant, j'aimerais bien qu'elle déballe son cadeau, on se gèle, ici ! dit Mme Sans-Fourrure, qui frissonne.

Charlotte s'arrête pile :

— Un cadeau ? Pour moi ? Où ça ? Ses yeux font le tour de la pièce. Il est là ! Un amour de paquet dans un joli papier fleuri.

Ça commence bien, Charlotte adore le papier. C'est une bonne idée d'envelopper un cadeau dans quelque chose qui se mange ! Mais, avant qu'elle puisse y goûter, des mains s'en emparent pour le défaire plus vite.

Charlotte n'en revient pas.

— Yi-i-i-i-i-ik..., couine-t-elle à mesure que ses yeux s'agrandissent, un bol à eau tout neuf !

Elle tourne autour. Sur le côté, d'une belle écriture ronde et gaie, son nom s'étale :

CHARLOTTE PARLOTTE.

— Tu feras attention à celui-là, j'espère, lui dit Karen en le remplissant soigneusement. C'est un cadeau du Père Noël et il ne vient qu'une seule fois par an !

— Encore lui ! Il y a longtemps qu'on n'en avait pas entendu parler, de celui-là.

Tout le monde est parti depuis longtemps mais Charlotte est toujours plantée devant son bol neuf, à baver d'admiration. Elle commence à le trouver vraiment sympathique, ce fameux père Noël.

Quel bol magnifique ! Même l'eau qu'on y boit a meilleur goût. Et il est assez grand pour s'y tremper les quatre pattes à la fois !

Elle n'en croit pas ses yeux. À en juger par les nombreux cris de joie qui retentissent alentour, elle n'est pas la seule dans son cas.

En effet, Noël arrive un peu plus tard en se léchant les babines. Il empeste le poisson.

— Joyeux Noël, lui dit-il.

— Noël toi-même, dit Charlotte, perplexe.

Après réflexion, elle ajoute :

— Tu remercieras bien ton père de ma part !

Mais Noël n'a pas l'air de comprendre. Même Fangio a eu un grand verre de lait pour lui tout seul.

« C'est quand même un chic type, ce père Noël. Pas comme son fils, se dit Charlotte en finissant son déjeuner. Et puis c'est un drôle de malin ! Il sait exactement ce dont on a besoin ! »

Pour la millième fois, elle relit son nom sur le bol neuf : CHARLOTTE PARLOTTE.

— Il sait même écrire le nom d'un cochon d'Inde sans se tromper ! Il doit en avoir, du boulot ! Ça ne m'étonne pas qu'il ne vienne qu'une fois par an...

TABLE DES MATIÈRES

Photocomposition :
TÉLÉ-COMPO - 61290 BIZOU

Achevé d'imprimer
par Maury-Eurolivres S.A.
45300 Manchecourt

Dépôt légal : octobre 1995.

POCKET - 12, avenue d'Italie - 75627 PARIS Cedex 13